Dans le coeur de mon grand-père

Danielle Simard

Illustrations : Louise-Andrée Laliberté

Directrice de collection : Denise Gaouette

Rat de bibliothèque

Données de catalogage avant publication (Canada)

Simard, Danielle, 1952-

Dans le coeur de mon grand-père

(Rat de bibliothèque. Série verte ; 6)
Pour enfants de 7-8 ans.

ISBN 978-2-7613-1573-9

I. Laliberté, Louise-Andrée. II. Titre. III. Collection : Rat de bibliothèque (Saint-Laurent, Québec). Série verte ; 6.

PS8587.I287D36 2004   jC843'.54   C2004-940316-8
PS9587.I287D36 2004

Dépôt légal : 2ᵉ trimestre 2004
Bibliothèque nationale du Québec
Bibliothèque nationale du Canada

IMPRIMÉ AU CANADA

4567890 EMP   098
10634   PSM16

Mon grand-papa Yvon a le coeur grand
comme la Terre.
Mais son coeur n'est pas assez grand
pour tout mettre dedans.
Il faudrait à mon grand-père
un coeur plus vaste que l'Univers.

3

Dans le coeur de mon grand-père,
il y a des kilomètres et des kilomètres de routes.
Il y a les monts, les vallons et les ponts
que mon grand-papa Yvon a traversés
dans son camion.

Mon grand-père garde dans son coeur
des paysages de tout le pays.
Il garde des matins dorés et des soirs rosés.
Il garde aussi des jours de pluie et des longues nuits.
Dans le coeur de mon grand-père,
il y a des chemins glacés
et des dizaines d'accidents évités.

Dans le coeur de mon grand-père,
il y a des soucis.
Les gros soucis sont aussi pesants
que des éléphants.
Les petits soucis ne prennent pas plus de place
que des souris.
Mais ces soucis-souris peuvent grignoter tout rond
le coeur de grand-papa Yvon.

Par bonheur, le coeur de mon grand-père
cache aussi des grands éclats de rire.
Quand le rire de mon grand-père retentit,
ses soucis-souris se transforment en confettis.

Dans le coeur de mon grand-père,
il y a des rivières de joies.
Mon grand-père va souvent y pêcher.
Parfois des souvenirs remontent du fond
pour mordre à l'hameçon.
Et mon grand-papa Yvon retrouve son enfance,
son mariage ou des pique-niques joyeux.

Dans le coeur de mon grand-père,
il y a aussi des mers de chagrins.
Ce sont toutes les larmes
que mon grand-papa Yvon n'a pas versées.
Ce sont toutes les larmes
que mon grand-papa Yvon a retenues
à la mort de ses parents, de ses amis,
de sa soeur Marie ou de son chat Mistigris.

Dans le coeur de mon grand-père,
il y a mille et un secrets.
Personne ne les connaît.
Mon grand-papa Yvon enferme ses secrets
dans un coffre-fort.
Certains secrets sont très lourds.
Mon grand-papa Yvon devrait les libérer,
mais il ne trouve plus la clé.

Dans le coeur de mon grand-père,
il y a aussi des secrets plus légers.
Juste d'y penser, mon grand-papa Yvon
se met à ricaner.
Ma grand-maman Édith lui demande souvent :
— À quoi penses-tu ?
— À rien ! répond mon grand-papa Yvon.

Dans le coeur de mon grand-père,
il y a des regrets.
Ses regrets ressemblent à des avions
qui n'ont jamais décollé
ou à des bateaux qu'il a vus s'éloigner.

Dans le coeur de mon grand-père,
il y a aussi des projets :
des arbres à planter, des histoires à raconter
et des pays à visiter.

Dans le coeur de mon grand-père,
il y a encore tant et tant de choses.
Mais il y a surtout beaucoup d'amour
pour grand-maman, pour ses enfants
et pour ses petits-enfants.

Aujourd'hui, nous avons tous le coeur lourd.
Le coeur de mon grand-papa Yvon s'est déchiré.
Aujourd'hui, les médecins vont essayer de le réparer.
Je me demande s'ils vont voir
tout ce qu'il y a dans ce coeur-là.

J'espère que les médecins
vont faire bien attention
au coeur de mon grand-papa Yvon.
Car dans mon coeur à moi,
il reste beaucoup de place
pour mon grand-papa à moi.